AF315890

Ye

23155-2156

PREMIÈRE

VENDÉENNE

ADRESSÉE

À M. LE COMTE DE VILLÈLE,

DÉDIÉE A M. LE VICOMTE

De Chateaubriand,

PAR J. P. GAVAND (DE LYON),

Auteur des Crimes des fédérés, de La Faction civile dévoilée, et de Réflexions sur l'ordonnance du 5 septembre.

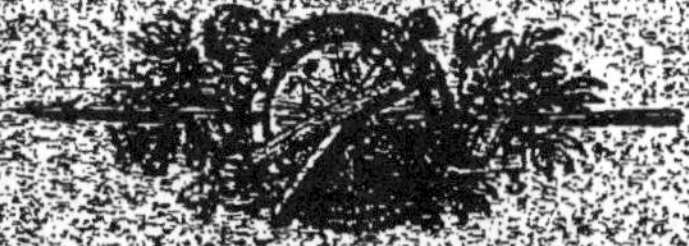

PARIS.

TOUS LES MARCHANDS DE NOUVEAUTÉS.

NOVEMBRE 1825.

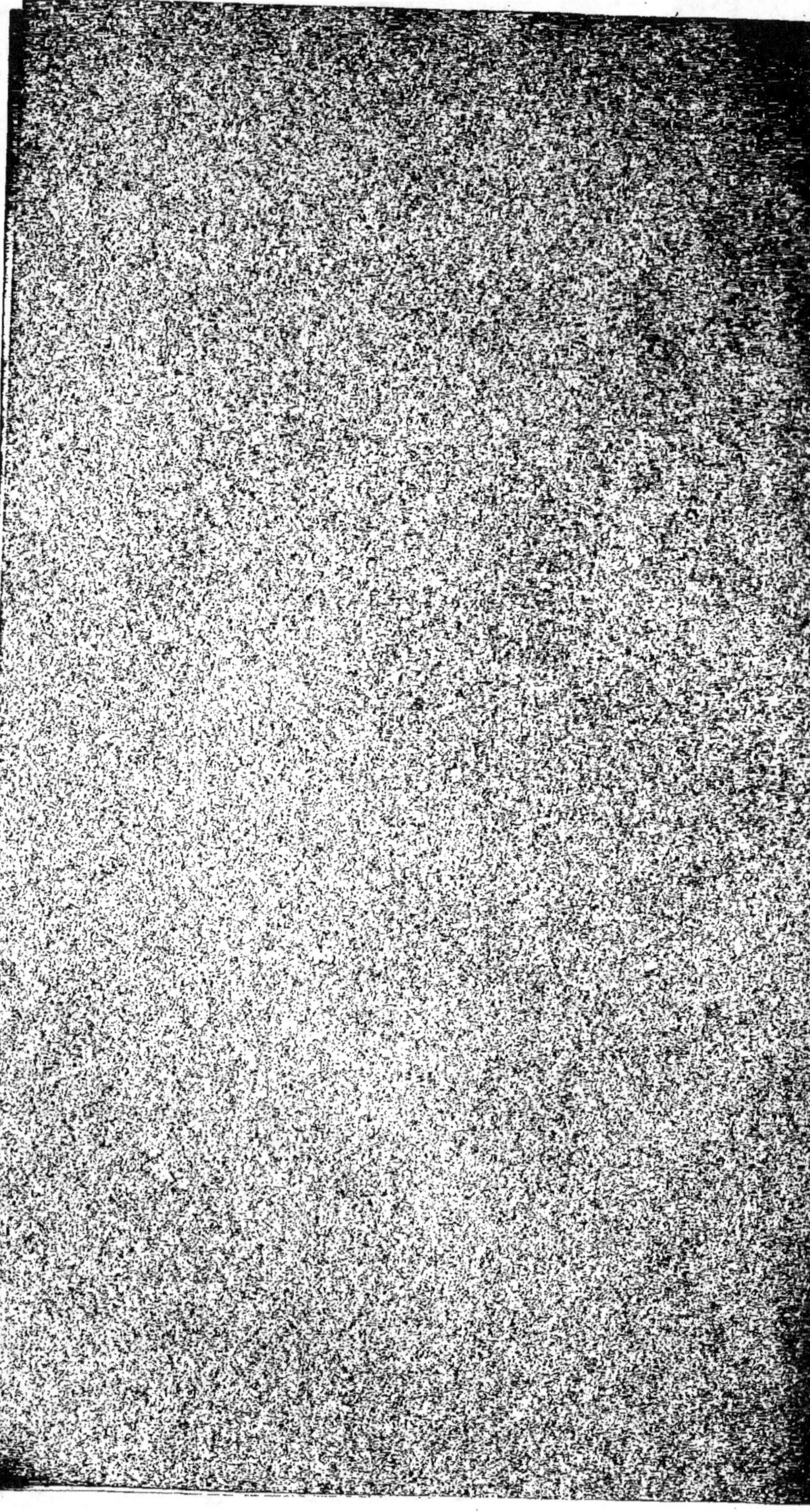

PREMIÈRE VENDÉENNE.

Tous les exemplaires qui ne porteront point la signature de l'Auteur, seront réputés contrefaits.

LE NORMANT FILS IMPRIMEUR DU ROI,
RUE DE SEINE, n° 8, F. S. G.

PREMIÈRE
VENDÉENNE

ADRESSÉE

A M. LE COMTE DE VILLÈLE,

DÉDIÉE A M. LE VICOMTE

Par J. P. Gavand (de Lyon),

Auteur des *Crimes des fédérés*, de *La Faction civile dévoilée*, et de *Réflexions sur*
l'ordonnance du 5 septembre.

Honneur au dévoûment, indulgence à l'erreur,
Accueil au repentir, et respect au malheur.
PREMIÈRE VENDÉENNE.

PARIS.

TOUS LES MARCHANDS DE NOUVEAUTÉS.

NOVEMBRE 1825.

PREMIÈRE

VENDÉENNE.

Victimes des écarts d'un zèle trop ardent,
Vendéens, Lyonnais, martyrs du dévoûment,
Sans reproche et sans peur, Bayards du royalisme,
Illustres opprimés, enfans de l'héroïsme,
Des preux les plus vaillans, émules roturiers,
Pères, époux, savans, intrépides guerriers,
Combattant à vos frais, sans solde que la gloire,
Achetant à tous prix la mort ou la victoire ;

Mon père fut admis dans vos rangs glorieux,

Au pied de mon berceau, je reçus ses adieux :

De si beaux sentimens ont embrasé mon ame,

La Muse que j'invoque est cette pure flamme;

Elle doit m'inspirer des vers dignes de vous.

Accablés sous le poids du céleste courroux,

Subissant tour à tour la sanglante anarchie,

L'ascendant odieux que prit la tyrannie,

Dieu vous rend vos Bourbons, vous triomphez deux fois,

La révolution assiége encor vos Rois :

Deux États, de l'Espagne imitant le délire,

Sont inondés soudain des soldats d'un empire;

Et la France en péril n'obtient qu'après trois ans,

Le pouvoir d'arrêter les projets menaçans

De ces monstres vomis par l'enfer en furie,

Brûlant d'assassiner leurs Rois et leur patrie :

A la Bidassoa, de lâches déserteurs,

D'un seul coup dispersés, maudissent leurs fureurs.

Au secours d'un Bourbon, d'Angoulême s'élance;

Il a sauvé l'Espagne, il a sauvé la France......!!!

De ces prospérités éternisons le cours,

Imitons les vertus du héros de nos jours;

Royalistes, prouvons que nos vœux sont sincères :

Nous sommes tous Français, devenons tous des frères :

Honneur au dévoûment, indulgence à l'erreur,
Accueil au repentir, et respect au malheur.

Quel est l'audacieux, qui, prêchant la concorde,
Vient étaler son zèle en ce fougueux exorde?
C'est moi..... Tu vas juger si ce droit est le mien ;
Écoute..... Je réponds, sans demander le tien.
Du malheur en naissant, je bus la coupe amère ;
Mon père dans la tombe alla joindre ma mère :
Ennemi déclaré de tout usurpateur,
Opprimé de tout temps, et jamais oppresseur,
Traîné dans les cachots pendant la dictature,
J'ai bravé les poignards, j'ai bravé la censure ;
D'un Maire du palais j'ai bravé la faveur ;
Replongé dans les fers, je m'en suis fait honneur :
Je crus qu'on ternissoit l'éclat du diadème ;
On ne m'exila pas, je m'exilai moi-même.....!
« Pour le jour du péril je réserve mes coups,
» Vous me verrez combattre et mourir avec vous,
» Sans songer aux effets d'un étrange système,
» Ne cessez de crier : *Vive le Roi! quand même!*
» Ce cri du Vendéen, c'est le cri de l'amour ;
» Qu'il soit le vôtre, amis, et qu'il triomphe un jour!»
Tel fut mon dernier vœu, je quittai la patrie ;

Où j'avais vu couler les beaux ans de ma vie;
Errant, persécuté, j'achetai mon repos,
J'attendis dans l'exil la fin de tant de maux,
Préférant les dangers d'une cause si belle,
Aux bienfaits que la Cour prodiguait au rebelle,
J'opposai mon courage aux caprices du sort;
Qu'importe l'infortune à qui brave la mort!
Dix ans d'adversité changeant mes destinées,
Blanchirent mes cheveux, mûrirent mes pensées;
D'événemens affreux, sensible spectateur,
Le trépas d'un Bourbon vint déchirer mon cœur.
Grand Dieu! fallait-il donc, pour te rendre propice,
Un sang si précieux offert en sacrifice?
Pour sauver les Français, comme pour les humains,
Ta justice a fait choix d'holocaustes divins;
Épargne la vertu, fais éclater la foudre
Sur le crime impuni, qu'il soit réduit en poudre.....
Cet orage est passé, je respire aujourd'hui,
Je puis aimer mon Roi, je puis vivre pour lui.....

Poursuis, Roi-chevalier, Monarque magnanime;
Tu ne confondis point l'erreur avec le crime :
A peine eus-tu calmé ton juste désespoir,
A peine la douleur eut fait place au devoir,

Que, fier d'associer un Titus à l'empire,

Tu mis à tes côtés un fils que l'on admire;

En père d'un Dauphin, par un heureux hasard,

Tu comblas de bienfaits le pays de Bayard:

Ses neveux t'ont placé dans leur reconnaissance,

Au rang du second Roi que servit sa vaillance.

Héritier des Bourbons, ami de tes sujets,

Charles, tes favoris seront tous les Français;

Le Héros du Midi, l'Orpheline du Temple,

MADAME et son Henri que l'univers contemple :

Tu ne souffriras plus qu'un homme ambitieux

S'élevant par l'intrigue au rang des demi-dieux,

Dispensant les faveurs, foulant aux pieds ses frères,

Profane de ton nom les sacrés caractères,

Fonde un autre parti que celui de nos Rois,

Et mette son caprice à la place des lois;

Qu'il rapporte à lui seul les destins de la France,

Ou bien aux seuls élus de sa munificence;

Que ce nouvel Aman, dans son zèle affecté,

Oppose la censure à la fidélité,

Des plus grands tribunaux proscrive la sentence,

Punisse un magistrat de son indépendance,

Ote à l'opinion son généreux essor,

Et place notre Charte à l'ombre de la mort...!!!

Louis nous la donna, Charles, tu l'as jurée,
Tu nous en garantis l'éternelle durée.

Déjà les fils ingrats, forcés de t'applaudir,
Vaincus par tant d'amour, ne peuvent plus haïr ;
Des remparts de Cadix, date une nouvelle ère
Qui déroule à mes yeux un avenir prospère :
Je vois l'émigré pur, en généreux vainqueur,
Frayer au repentir le chemin de ton cœur ;
Je vois la probité, dans tous lieux respectée,
A la ville, à la Cour en triomphe portée ;
Je vois la loyauté, vertu des plus grands Rois,
Expulser l'égoïsme et l'intrigue aux abois :
Au poste de l'honneur, dans les charges civiles,
Les plus honnétes gens seront les plus habiles :
Ce vœu du Roi martyr enfin exécuté,
Léguera sa leçon à la postérité ;
Charles, de saint Louis imitateur fidèle,
Aimant la vérité, sera chéri comme elle :
Je vois le Léopard, abjurant sa fierté,
Envier hautement notre félicité ;
Des peuples de l'Europe ébranlés par nos armes,
Notre tranquillité finira les alarmes :
La révolution en France eut son berceau,

C'est là qu'elle naquit, là sera son tombeau.....

Je vois Chateaubriand, Montmorency, Bellune,
Des Fouquets en crédit, flétrissant la fortune,
Remonter au pouvoir, chers à tous les partis,
Les mains et le cœur purs, comme ils en sont sortis :
Immortel écrivain, jouis de ta victoire,
Ris des traits de l'envie, au faîte de la gloire,
De l'éclat le plus beau ton nom brille à nos yeux ;
De ce nouveau laurier ceins ton front radieux ;
Chacun de tes écrits fonda la monarchie,
L'union des Français est due à ton génie ;
Dociles aux leçons d'un maître tel que toi,
Ils aimeront la Charte, ils aiment tous le Roi......
Illustre indépendant, magistrat amovible,
A des calculs obscurs, ton ame inaccessible,
Fière d'abandonner tout, excepté l'honneur,
Pour la mieux mériter, renonce à la faveur ;
Cesse de t'affliger d'une injuste disgrâce,
Dans chacun de nos cœurs, tu retrouves ta place ;
Celui de Charles Dix ne peut t'être fermé :
On n'est jamais puni de l'avoir trop aimé.....
Ferdinand-de-Berthier, deux fois d'un œil tranquille,
Tu t'es vu préférer les Ch** ****,

Rampans adorateurs de l'idole du jour,

Adressant au veau d'or, l'hymne de leur amour,

Qui, gorgés de bienfaits aux dépens de la France,

Votent à leur profit sur nos lois de finance :

Leur règne sera court sous celui d'un bon Roi,

Il veut des conseillers sans détour, comme toi.....

Quel bien ne fis-tu pas à ta belle patrie,

Lorsque tu décimas une cohorte impie?

Brave La Bourdonnaie, ôtant son manuel

Au digne concurrent des enfans d'Israël,

Tu nous montras à nu Tartufe politique;

Libéral pour lui seul, ou pour sa république,

Il ouvre en ce moment son coffre et son comptoir

Au président Boyer, de Ternaux, l'ami noir :

Tu n'es pas l'ennemi du commerce de France,

Dans Sanlot, tu chéris l'honneur de la finance.

Éloquent Delalot, pieux, franc et loyal,

Abhorrant le métier d'adulateur banal,

Fléau du plat ventru, de la horde parjure,

Qui mendie un dîner, en hurlant : La clôture!

Son maître sous tes coups craignant d'être abattu,

Arrêta par l'exil l'essor de ta vertu;

Ton grand nom excita sa basse jalousie;

Il crut voir de ses plans, l'écueil dans ton génie;

Le Mécène des Juifs, l'improvisé Crésus
Voulut qu'on préférât Barabbas à Jésus...!!!
Illustre ambassadeur, amoureux de la France,
De tes vastes projets, telle est la récompense;
Decazes fut plus juste, et ta fidélité
Ne gémit point du mot : Disponibilité,
Quand tu faisais bénir au fond de l'Amérique
Le messager d'un Roi par une république :
Ne porte pas envie au sort de ton rival,
Charles a besoin de toi, plus que le Portugal.
Émule révéré d'Archimède et d'Euclide,
Les vertus, le savoir sont une faible égide
Contre un nouvel Omar et ses coups inhumains;
Comme ton devancier, aux murs syracusains,
Expia par la mort sa fière insouciance,
Puni d'avoir voté selon ta conscience,
On priva tes vieux ans du prix de tes labeurs,
Pour en gratifier tes calomniateurs :
Charles Dix le saura, j'entends notre tribune
Retentir du tableau de ta noble infortune.
Savant historien des guerriers de la Croix,
Au *Printemps d'un proscrit*, ajoute les exploits
Du sbire furieux violant ton asile :
Les porteurs des firmans de nos Fouquier-Tinville,

Contre un ami du Roi n'auraient pas mieux sévi ;
Un ordre bien cruel est toujours bien suivi :
L'accès de la douleur doublant ton énergie,
Sera le plus beau trait de ta biographie.....
A quoi bon te louer ? Berryer t'a bien vengé,
Je garde mon encens pour ceux qui t'ont jugé.
Descendant de Séguier, surpassant ton modèle,
Tes collègues jaloux de seconder ton zèle,
Repoussent les efforts d'un pouvoir corrupteur,
Et suivent avec toi le chemin de l'honneur !
Répétant à l'envi sous tes mâles auspices :
La Cour rend des arrêts, et non pas des services !.....
Le sceptre de la loi fut remis dans vos mains,
Vous avez imité les sénateurs romains,
Opposant vos dédains aux fureurs ridicules
Du Brennus financier, sur vos chaises curules ;
Lisez dans tous les cœurs cet éloge gravé :
Sans vous tout périssait, par vous tout est sauvé !

Vendéens, Lyonnais, recevez cet hommage ;
Je suis pur comme vous, j'ai le même courage ;
Vous ne me verrez point, sinécure odieux,
Adjuger à l'encan mon vers ambitieux ;
Pour obtenir mon vote, il faut qu'on le mérite ;

Commençant aujourd'hui ma tâche favorite,
J'adore ainsi que vous l'idole d'un bon cœur,
J'attache mon offrande à l'autel du malheur.

ENCOR mieux que Méry, je brave ta réponse,
Et du timbre royal j'aspire à la semonce;
Je ne redoute, moi, ni lettre de cachet,
Ni le courroux vengeur du grand-maître F**,
Les Fils de Loyola n'ont rien qui m'épouvante,
Je crains plutôt les fils de la terreur sanglante;
Toi, tu ne les crains point, pourvu que leur talent
Se plie à te vanter, ou bien tes trois pour cent.
Je parle en Vendéen, je te connois, Villèle,
Ingrat envers les tiens, tu leur fus infidèle :
Dans l'hôtel Rivoli, tranchant du potentat,
Jocko de Mazarin ! tu dis : Moi, c'est l'État;
La restauration advint pour ta famille,
Pour ton fils, ton beau-frère et l'époux de ta fille.
Venu depuis un an du pays Toulousain,
J'ai vu ton cœur de chiffre et ton luxe inhumain,
Tandis que nos Bourbons à Salins, à Vizile,
Partagent le produit de leur liste civile.....

Tu dérobas le sceptre aux mains d'un Roi mourant,

Pour diriger ses coups contre Chateaubriand;

La septennalité, loin de t'être propice,

De ton lit de repos, fait un lit de justice.

Pourquoi retardes-tu nos Pairs, nos Députés,

Bertin, Bacot, Perrier, aux accens redoutés?

Cesse de prolonger ta chétive existence,

Épargne une agonie à ta loi de finance;

Optimiste éhonté, rival de Figaro,

Assemble tes Gascons, monte sur ton bureau,

Fais-leur en nasillant cette courte harangue :

« Reprenez votre trousse et votre mère-langue;

» Amis, tout est perdu, mes plans ont avorté,

» C'est le fruit de la presse et de sa liberté;

» Sans elle, je montrais à la France jalouse,

» Toulouse dans Paris, et Paris dans Toulouse :

» L'ingrat Parisien, de nos jeux dégoûté,

» Maudit, en nous nommant, la Bourse et l'écarté;

» On ne veut plus de nous, enfans de l'hyperbole!

» Par la porte d'enfer! allons au Capitole.

FIN.